# 时光的面孔

聂世奇 著

文化艺术出版社
Culture and Art Publishing House

图书在版编目（CIP）数据

时光的面孔 / 聂世奇著.—北京：文化艺术出版社，2022.3
ISBN 978-7-5039-7376-5

Ⅰ.①时… Ⅱ.①聂… Ⅲ.①诗集－中国－当代
Ⅳ.①I227

中国版本图书馆CIP数据核字（2023）第003371号

## 时光的面孔

| 著　　者 | 聂世奇 |
|---|---|
| 责任编辑 | 蔡宛若 |
| 责任校对 | 董　斌 |
| 书籍设计 | 姚雪媛 |
| 出版发行 | 文化藝術出版社 |
| 地　　址 | 北京市东城区东四八条52号（100700） |
| 网　　址 | www.caaph.com |
| 电子邮箱 | s@caaph.com |
| 电　　话 | （010）84057666（总编室）　84057667（办公室）<br>　　　　84057696—84057699（发行部） |
| 传　　真 | （010）84057660（总编室）　84057670（办公室）<br>　　　　84057690（发行部） |
| 经　　销 | 新华书店 |
| 印　　刷 | 国英印务有限公司 |
| 版　　次 | 2023年3月第1版 |
| 印　　次 | 2023年3月第1次印刷 |
| 开　　本 | 880毫米×1230毫米　1/32 |
| 印　　张 | 6 |
| 字　　数 | 80千字 |
| 书　　号 | ISBN 978-7-5039-7376-5 |
| 定　　价 | 58.00元 |

版权所有，侵权必究。如有印装错误，随时调换。

# 他在雪里站着不孤独

## ——设喻的社会性或多旨性中呈现的人生况味

红线女

诗之于诗人是心灵之音的发声,诗人赖以发声的心灵感应,无不来自诗人生存其中的客观世界在内心世界的反观下、由感悟发酵的形而上的意识形态的情感抒发。不同的诗人因各自不同的成长背景和不同的人生经历与感悟,其抒情范畴或落脚点千差万别,着力点更是大相径庭。正如余秋雨所说"我曾把'开掘人生况味'作为自己艺术理念的一个重点"一样,诗人聂世奇(笔名大可)也有自己的抒情方向和内容,其第二本诗集的作品尤为注重人生况味的挖掘和提升,同时也十分注重设喻的社会性或多旨性。正是有了自己的抒写目标和艺术追求,诗人在近期的创作中就多了刻意而为的努力,有意识地寻求社会、人生的独特体验,极力培养自己对社会、人生况味的敏感性,并从中找到适合自己且更能抒写自我感悟的艺术策略和写作方法,为自己的人生履历镌刻下浓墨重彩的一笔,借以呈现出多姿多彩的生活或人间世相。

其实,诗歌流派、题材的人为划分本身是毫无意义的,而抒写手法或艺术风格的定义同样缺乏一定的科学性。但诗人在实际创作中对抒写对象和抒怀方式及抒情策略还是有所侧重和选择的,所以,诗人聂世奇偏重于人生况味的抒发当在情理之中。

当代诗歌人生况味的抒写,或浓或淡,或轻或重,或明或隐,实际上,这也潜移默化着诗歌的阅读效果。

"今年,许多的脸/被放在一起,流行/变成一本杂志的面孔/一期,一期,再一期/叠加的面孔/在月份的夹缝里堆满希望/你只需用日子的棱角/一捅,就知道/会有许多季节的虫子/从一月到十二月/不断地飞出/遮挡那脸/成了一个大大的面孔。"不知道他是源于什么写出了这首《面孔》,把许多脸放在一起,加上各种表情,就成了各种面孔,各种假面,各种面具。这里,其体现出来的更多的是精神层面的诗性之光。诗人对"面孔"一词就有着多旨性的设置,而更多的则是赋予了"面孔"的社会性,"面孔"在诗中直接呈现的已然是一种形而上的精神的诗性叙事。作为一种想象,"面孔"除了自身的自然属性,其连带的成分更加突出;作为一个意象,"面孔"在诗中的特指性同样显而易见。诗人感叹社会物象与世相的某种欺骗性和随波逐流的世俗性,从而致使千篇一律的东西往往形成一种社会潮流,成为一种风向。而某些风向竟然可以迅速深入社会的各个领域、各种层面，政治、文化，文学、文艺，甚至行政管理模式，甚至城市建设及市政设施等，不一而足。君不见，一首诗歌或其他文体作品的成功，接踵而至的就是铺天盖地的这种面孔的诗歌或其他文体作品；一个地方的公园建设有了自己独特的设计理念和元素，其他城市很快就复制无数相同面孔的公园；一个地区搞了一种什么文化节，这样面孔的文化节就在全国蔓延；各种场合呈现的事物就汇集成千人一面的社会现象，"一期，一期，再一期／叠加的面孔""流行／变成一本杂志的面孔"。诗人对社会、人生况味的感悟，比之直抒胸臆的精神诉求就获得了一种与众不同的体验与表达。

大千世界，芸芸众生的一天或每天，诗人自有自己的认识和定义。在《一天，每天》里，经诗人独特的视角观照，"一天，每天"已然具备了一种新的语义，继而展现为一种周而复始的人生。诗人在"一天"的持续演进中，深刻地感受到时间"每天"都在叠加为苍茫的光阴，这种光阴的往返回复形成类似一成不变的日子，人们在这种无法回避的生存体验中，有着各自不同的感悟和千差万别的认知与情感定位，个中况味定然迥异。"往左向右，坚硬地生存／往右向左，紧密地忙碌"，这是一种个体生存常态，也是人们生活的共生性的普遍规律。对于人类，多少有些无奈的这种生存状态，在诗人的笔下却更多的是人类生存现象的必然性。"我说不出自己来时的方向"的《那匹马》，以及"在细雨中不断地漂白，变旧"的《巷子》等意象的设置与表意，都恰如其分地陈述出一种人们的生存状态，而这其间的人们却又"无法分辨具体的年代和月份"(《巷子》),这样的生存境况,茫然中更添了几许怅然。人的生存现状虽然十分艰难,但意志仍然万分顽强,其坚韧不拔的精神将永远照亮前行的路,"赶路的千足虫,多像落难的人类","横穿多条崎岖的山路/找回自己的疼痛和坚硬"(《赶路的千足虫》)。人世间有阴晴圆缺、风霜雨雪,更有春光明媚、百花盛开,对明天的向往、对幸福的追求同样是人们的生活主题,"带着特产和满篮子的花朵/在温暖的阳光下/繁茂盛开"(《因为你,我才如此青春》)。而同时,团结、友情更是人类克服时艰、攻坚排难的力量源泉和精神支柱,当2020年那场新冠肺炎疫情袭来,中华大地万众一心,共赴国难。"让天使扇动的翅膀,带过去/那是圣洁的祈祷,更是大爱的颜色""天津,武汉。两座城/一千二百公里。一封决心书的长度/我们,在上面行走"(《一封决心书》)。

诗人在感叹世事的艰辛时,仍热情颂扬人们为幸福生活奋斗做出的不懈努力。

诗写至此,人类社会的普遍性规律中的无奈得到了一次强有力的指证,与此同时也获得了某种程度的化解。在这里,诗人的诗歌创作获得了积极向上的写作态势。

多年诗歌创作的历练,诗人聂世奇的诗写语言十分干净、明朗且富意蕴和诗韵,彰显出言简意赅的诗意表达力。我喜欢他这样的表达,看似沉稳,却情感浓烈,暗含波涛汹涌。"一个人,一只鸟/不开口,不说话/它,在树枝上站着/不孤独,脚下就是它的家/我,在雪里站着。/不孤独。身后有人类的城市"(《湿地夕阳》)。漫天大雪停下，夕阳正西沉，一个人走在深雪中，寒气从脚底浸入，像一只站在树梢上的鸟儿，看着这茫茫人世，感慨之心骤起。读这首诗，感觉他就是那只鸟儿，鲜花，绿树，大雪，土地，爱着的人，念着的人，都在他的心里，整个人间都在他心里生长，所以他不孤独，因为他对人世有着辽阔的爱和眷恋。

"补一些水，再补一些水/补一些希望，再补入一些/每年都在不断地补入/才有今天的那一弯泪眼/月牙泉"(《拯救》)。好一个"一弯泪眼"！好一个生动形象的意象捕捉，使没去过月牙泉的人深深地陷入其中了。那么爱，那么悲悯的情怀，一下子就扑到读者面前，仿佛必须去看看那只眼睛，看看它晶莹欲滴的眼泪和欲说还休的眼神。"补入一些，再补入一些/而干渴/从沙漠里，随时都可能爬出来/在瘦弱的月牙上/再咬上一口"(《拯救》)。看吧，瘦弱的月牙儿，被漫天的黄沙包裹，黄沙随时可以铺天盖地，把月牙泉一起埋葬。诗人不说埋葬，也不说铺天盖地，而说"咬"。一个小小的"咬"字，衔接了"那一弯泪眼"，更是衔接了诗人对月牙泉的喜爱，彰显了诗人柔情满怀的诗心，和对变化万千的大自然有着悲天悯人的情怀。我是真喜欢他这样的表达，干净，克制，明快而深情。

"那把陈旧的竹椅/承载了时光的厚度/仰坐在上面，一片树叶/飘落下来，在你的身上/纹理清晰/每年，每月，每日/你都在巷子的深处坐一坐/深信只要把时光扯宽些/身下的竹椅，有一天就会发芽/在生命的另一面，重新新鲜起来"(《时光》)。这首诗,很短,意象竹椅也非常普通,但就是这样简单平凡的小事物,诗人却可以提炼出精致深刻的诗意来。一句"把时光扯宽些",一句"身下的竹椅,有一天就会发芽",一句"生命的另一面,重新新鲜起来",点点递进,滴滴深入,把生活的琐粹和生命的隐忍与豁达,表达得淋漓尽致。

很多时候,我们的人生都在庸长平淡之中,就像坐旧竹椅。

鲜花,掌声,霓虹,总是在虚妄的镜像里。

我们得静下心来,拿出坐旧竹椅、坐冷板凳的决心,热爱自己,磨砺自己,让自己变得宽厚,变得强大,变得纯粹。

"没有出口,只能翻墙而过/很轻便地/暂停在一个角度里/爱,有时会在呼喊中浮现/我知道,你不会让爱情再一次押入当铺/绿叶,花朵,长满枝头。/时间放慢了脚步。星空下/你打开封闭已久的身体,让潮水汹涌/春天的那个眼神,打量着从远处吹来的暖风/我们都卷了进去"(《春潮》)。我把这首诗读成了爱情诗,而且是一次停止了的爱情,这份爱翻墙而入,又翻墙而走,留下爱和想念在回忆的深处。我读到了痛与不舍,读到了强烈的眷念,正如"爱,有时会在呼喊中浮现",这是痛苦的呼喊,是忍不住的呼喊,是只有自己听得见的呼喊。

步入中年之后,爱情大多数都变成了亲情。但敏感细腻的诗人的心,总是会在繁忙、芜杂、无趣、毫无生机的生活中,一次又一次在诗歌里去虚构属于自己的爱情。这样的虚构是有意义的,可以让我们活得丰满一些、活得有趣一点。

"几年来,一直没有见到你/院内的橘子树年年开花,年年结果/想我,就到橘子的内部来找我/一瓣一瓣的思念,紧紧地拥抱/在一起。酸甜杂陈,炽烈搭肩/过来吧。到时月光会站在你的身后/在第一时间/把黑夜装进白天/用第三人称/把白天引进黑夜"(《做客》)。好热烈的爱和思念!如果爱情来了,我们唯愿白天永远不要来,我们只要黑夜就可以了。

"你承认,你的梦乡里收藏了太多的她/每当黄昏倾斜到水底/黑夜出现在枕边/她的影子/就是夜里生长的一株羸弱的植物/默默生长,从不作声。/多年来/你学会用思念去浇灌,用伤口去呼吸/游走在夜的边沿。/可是,从夜空出发的雪/却从未抵达过她居住的城市/有一天。你想。/给黑夜开个窗口/她就会看到你梦的表情"(《给黑夜开个窗口》)。还是这样的爱,永远像幽灵一样,游荡在黑夜里,游荡在思念的另一面,游荡在无尽的梦里。这样的爱情,苦涩,像锯木面;甜蜜,像藏在衣袖里的小蜜蜂;疼痛,像左右拉动的锯子;绝望,像永远不会流动的死水。读着,读着,我们是一定可以得到共鸣的。

无论是生活况味,社会形态,行吟抒怀,还是爱的呢喃,聂世奇的这本诗集里,冷静地,多旨意地,真诚地,多向度地诗意表达的句子都很多,我就不一一去拣选了,有心的读者自会付出自己阅读的真心,去走进和感知诗人的内心世界。一旦你真的进入他的诗歌世界,你就会看见一个温柔、敦厚、不乏浪漫的男人,笑意盈盈地向你走来。你也就会喜欢上他的诗,或者爱上他诗里的世界。

2021年6月8日于重庆

(红线女,本名何小燕,中国作协会员,重庆作协全委会委员。)

# 目录

## 第 1 辑　面孔

003　　面孔
004　　一天，每天
005　　那匹马
006　　湿地夕阳
008　　拯救
009　　暗物质
010　　时光
011　　七月的一天
012　　哑了
013　　淡水海水
014　　步履
015　　泥浆
016　　前奏
017　　黄昏
018　　上方

| | |
|---|---|
| 019 | 家的底部 |
| 020 | 钓者 |
| 022 | 送信的人，回来了 |
| 024 | 界限 |
| 025 | 水域 |
| 026 | 雨中的大麦熟 |
| 027 | 表述 |
| 028 | 暮晚 |
| 030 | 沉默 |
| 031 | 黑夜的袜子 |
| 032 | 无题 |
| 033 | 那一天 |
| 034 | 保密 |
| 035 | 小满 |
| 036 | 场景 |
| 037 | 暑气 |
| 038 | 谷雨 |
| 039 | 立夏 |
| 040 | 颜色 |
| 041 | 旧物 |
| 042 | 燃烧 |
| 043 | 纪念日 |
| 044 | 星光 |
| 045 | 醉酒 |
| 046 | 下一站 |

047　惊蛰
048　行驶的口音
049　视线之内

## 第2辑　每朵云都下落不明

053　失眠
054　梦之外
055　心里的江湖
056　那场雪
057　睡眠
058　大雁厂
059　盛开
060　恐惧
061　欲
062　孤独
063　缝隙
064　下一个春天
065　每朵云都下落不明
066　外面的雨
067　坡地
068　那段记忆
069　恐惧心理
070　路过自己

071　室外室内

072　诱惑

073　盐

074　一个背影

075　回家

076　花草

077　床头灯

078　一些事物正在消失

079　自画像

080　七月

081　数码一条街

082　相约

083　木槿花

084　芙蓉葵

085　秘密

086　梦见

087　三月里的雪

088　花香


## 第3辑　给黑夜开个窗口

091　车过爱情

092　因为你，我才如此青春

093　那女孩

| | |
|---|---|
| 094 | 成都女子 |
| 096 | 路途 |
| 097 | 芦苇的爱情 |
| 098 | 烛光 |
| 099 | 又一次听到你的声音 |
| 100 | 春潮 |
| 101 | 那场雨 |
| 102 | 失恋 |
| 103 | 做客 |
| 104 | 把双手举过头顶 |
| 105 | 拜访 |
| 106 | 零下一度 |
| 107 | 桃花有毒 |
| 108 | 自己的夜晚 |
| 109 | 你好,四月 |
| 110 | 不一样的我们 |
| 111 | 重逢 |
| 112 | 春天的伤口 |
| 113 | 蜕变 |
| 114 | 脆弱 |
| 115 | 花开了 |
| 116 | 下半年的余温 |
| 117 | 初识地 |
| 118 | 渡口 |
| 119 | 城墙上的一天 |

| | |
|---|---|
| 120 | 那些日子 |
| 121 | 小区门口的车站 |
| 122 | 过程 |
| 123 | 给黑夜开个窗口 |
| 124 | 写给你的诗 |
| 125 | 我只看了照片一眼 |
| 126 | 花朵 |
| 127 | 土楼的雨 |
| 128 | 蝉鸣 |
| 129 | 围墙 |
| 130 | 湖边小路 |
| 131 | 失眠的夜 |
| 132 | 那个车位 |
| 133 | 落户 |
| 134 | 关于苇花 |
| 135 | 一个声音 |
| 136 | 无眠 |
| 137 | 吃桃 |

## 第4辑　行色

| | |
|---|---|
| 141 | 盐湖 |
| 142 | 禾木 |
| 143 | 废墟 |

| | |
|---|---|
| 144 | 巷子 |
| 145 | 月亮下的神秘谷 |
| 146 | 赶路的千足虫 |
| 147 | 西山峪的石墙 |
| 148 | 月亮湾的背影 |
| 149 | 古堤坝 |
| 150 | 神仙湾 |
| 151 | 喀纳斯湖 |
| 152 | 芦山 |
| 154 | 想起马尔康的桑格花 |
| 156 | 沙尘暴 |
| 157 | 港里的鸟 |
| 158 | 计量工 |
| 159 | 距离 |
| 160 | 身边的港五井 |
| 161 | 工服 |
| 162 | 看单井 |
| 163 | 伤口 |
| 164 | 紧张 |
| 165 | 梅花扳手 |
| 166 | 汨罗江 |
| 168 | 下在夜里的雪 |
| 170 | 一封决心书 |

| | |
|---|---|
| 171 | 跋 |

第 1 辑

# 面孔

# 面孔

今年,许多的脸
被放在一起,流行
变成一本杂志的面孔

一期,一期,再一期
叠加的面孔
在月份的夹缝里堆满希望
你只需用日子的棱角
一捅,就知道
会有许多季节的虫子
从一月到十二月
不断地飞出
遮挡那脸
成了一个大大的面孔

2014 年 9 月 7 日

## 一天，每天

顺着绿灯指引的方向
许多的车辆开始蠕动
顺着苏醒的大街
人流，车流，在街上行走
又从街上消失
从一栋楼到另一栋楼
进进出出，出出进进
谁也没有从里面真正走出来

往左向右，坚硬地生存
往右向左，紧密地忙碌
童年的小路，少年的花香

都和这条街，那栋楼
十年，几十年地捆绑在一起
生长成一座城
然后，徐徐演变
慢慢变老
一天，每天。凝聚成一生

2014 年 10 月 6 日

# 那匹马

我说不出自己来时的方向
出生在哪个年代。滞留
在青灰的颜色里，时光就那样被更改
太久的路程
我的缰绳深深地陷进
古老的砖墙
无法驰骋，无法飞奔

只有思想是自由的

2016年9月20日

## 湿地夕阳

夕阳开始变得脆弱
光线已被雪后的冷,撕裂
失去了许多的温度

在雪里,周围生长着大片的空旷
只有脚印
紧牵着远处的那座城
在空中飘荡

它,也站着
在一个树枝上
一只鸟,一个人
看着那西沉的夕阳
在雪地,是如何地坠落

一个人,一只鸟
不开口,不说话
它,在树枝上站着
不孤独,脚下就是它的家
我,在雪里站着。
不孤独。身后有人类的城市

2017年10月8日

## 拯救

补一些水,再补一些水
补一些希望,再补入一些
每年都在不断地补入
才有今天的那一弯泪眼
月牙泉

补入一些,再补入一些
而干渴
从沙漠里,随时都可能爬出来
在瘦弱的月牙上
再咬上一口

2014 年 11 月 2 日

# 暗物质

它们整齐地站成一排
两只眼睛,像两束圆圆的光束
穿透身前的一切事物
里面透明光亮,深不见底
看不到任何表情

时间把它们挤压成一排薄鱼片
生硬,缺少温度。黑暗布满全身
只有两只眼睛,时不时
把物质串联起来
让一切的光亮和热情瞬间消失

此时,一只猫躲在角落里
看着这一切。身上长有黑白相间的花纹

2020 年 9 月 2 日

# 时光

那把陈旧的竹椅
承载了时光的厚度
仰坐在上面,一片树叶
飘落下来,在你的身上
纹理清晰

每年,每月,每日
你都在巷子的深处坐一坐
深信只要把时光扯宽些
身下的竹椅,有一天就会发芽
在生命的另一面,重新新鲜起来

2016 年 9 月 20 日

# 七月的一天

你坐一片嘈杂的后面
看着行人和雨
把自己陷在一座城市的巷子里
手里的香烟燃烧着,时隐时灭
城市里的休闲
就在你的唇与手之间游弋
上岸后。返还。
然后,又上岸。
在浸泡的一杯清茶里
静静地悬浮和停留

2016 年 9 月 20 日

## 哑了

海水太咸,一条鱼
跳跃而出。在近海
散文失声,诗歌
在一个很阳光的契机下架
没有人在此时此刻说话
就像,我们的眼睛
在我们酒后的 30 分钟
瞎掉
无任何迹象

我很庆幸
那天空和大地仍然快乐生存
坐在时间里
需要太多淡水。在
眨眼的瞬间凝固
多年之后
明天,后天。手拉着手
仍然一起瞭望
那段失去的时空颜色

2015 年 3 月 15 日

## 淡水海水

那杯浓茶一直放着
在那个充满灰尘的地方
谁都可以评价，谁也不敢移动

渡轮一声嘶吼
桌面上尘土分量的增减
忽上忽下
生命在漂游

谁生在大江？无味的水、火
在入海的地方扯起经幡
不停地祷告
生命来自盐的传说

都说，青出于蓝
那一大片海域的诉说
来自何方

2015 年 3 月 15 日

## 步履

那声音正在逼近
就像不远处杯中的茶叶片
上下漂浮
已经没有了任何的色彩
时间的确有些长了
疲惫爬满了脸颊
栩栩如生

添些水吧
不远处的声音说
青钱柳，绞股蓝
一定在一起
把那大片的记忆，进行投放
在水里，充满爱情

2015 年 3 月 15 日

## 泥浆

阳光、雨水、风和雾霾
都在关注着那一池浆液
谁都不能说谁左谁右
谁好谁坏。只有时间
会在那棵秃树的枝条上评判

我会走得近些,一定
看看你的、他的容颜
会不会在炎热的酷夏
变得狰狞
血盆的大口先吃掉我的一只左脚
然后,吃掉整个组织和我

我真的很想生存,就像
每天 12:00 后一小时的午睡
和你从车里释放出来的声音
在我的胸腔里膨胀
荡漾。一路生长

2015 年 3 月 15 日

# 前奏

阳光照射在植物的叶面上
看不到什么痕迹,很平静
就像一潭幽蓝的湖水
水下拥有大量的生命和矿物质,很丰富

我在葡萄架下劳作,阳光一如既往
照射在葡萄叶及葡萄上
没有看到我及我的思想。几个月后
制作出的葡萄酒,会静静仰卧在酒窖里
几年,十几年,几十年。静静地演变
生命的另一种形式,就像
阳光不知道我在它的下面劳作一样

2014 年 8 月 23 日

# 黄昏

九月无雨,曼斯特停在一个黄昏
在她的唇边,私语
许多站在酒岸的人,一边倾听
一边想象,巴克斯在橡木桶里的睡姿
是什么颜色

周边,全是装满葡萄酒的瓶子
紫红的液体,在岁月里
沉淀出一幕幕悲欢,爱情
在里面滋长。还有那个浸在口中的
橡木塞,一动,一动
曼斯特散发的香气,在夜色里
开始弥漫

2014 年 8 月 23 日

# 上方

谁也说不清楚
家的底色呈现在什么地方
只能在山区的农家
慢慢感觉
清晨,泥土的芬芳升起来
向上很温暖

远处,四周的山上
墨绿的树木也很茂盛,家是什么样子
林中的鸟儿说
这是一个很复杂的问题,只能看到在家的上方
是一片瓦蓝瓦蓝的天空
有太阳、月亮、星星
以及它们背后很深邃的暗物质

2013 年 11 月 25 日

## 家的底部

阳光走了好长时间
从山顶的方向照射下来
风,微微动了动裙裾就停了下来
山民们还都在睡冬
蜗居在房屋里,抽烟,喝茶,打麻将

蹲在家的下方,看着远方的阳光越来越刺眼
身上也慢慢有了温度
那只去年冬天就飞走的鸟,到现在也没有归巢
斑驳的地上铺满了落叶和枯草

仰视着家的底部
需要极大的耐力和希望
家的前方是一座大山,以及山顶上的阳光
其实家
就在我眼中的树杈上
不能有风和大雪
不然,就会折断跌落

2013年11月23日

## 钓者

从少年时,他就能甩出长长的鱼线
一次又一次,把希望从河里钓出来

父亲说,时常换个方位
思考才会跳上岸。温顺地走向河的下游
时间已伸出了手
拉短了光阴。鱼线会甩得更长

每年都来河岸
伴着树荫、飞虫以及洒落的阳光
跟着父亲来甩线钓鱼,看水流中的那块石
越来越光滑
每次都能把长线甩成一条美丽的弧
在河面上。被风不经意地抻一抻
使人接近水流的方向

从岸边走进水里。甩线,钓鱼
线越甩越远,鱼越钓越多
在水里,他感到
水面越来越宽阔
越来越接近自己
暗淡的唇

2018 年 3 月 3 日

# 送信的人,回来了

从一座丘陵
到另一座丘陵
从一只绵羊,到另一只绵羊
一封书信的抵达
需要走过地狱到天堂的距离

那是一位年轻的信使
不管是白色的、棕色的甚至杂色的
马匹。他都没有
只有一个瘦小的身影一直追随左右
忽长忽短,忽高忽低
沿着一条大大的河
攥着五根羽毛。渡河

阳光又一次高高地照射过来
他的身影
越发地小。只有自己 11 岁的脚掌
那么大

从一封信件
抵达另一封信件
每次，都在长大

2015 年 1 月 4 日

# 界限

湿地被保护起来了
湿地的鸟儿们,很少见到人类手里的捕网和猎枪。
芦苇、芨芨草、碱蓬草,一些植物
伴随着风儿在阳光下
摇摆,舞蹈。和鸟类在一起

鸟们,养尊处优。丢掉历史
不再和人类交往

在人类的城市,到处都是
充满洁洁灵味道的树木、花草和昆虫
鸟们,在交错的马路上迷失
在闪烁的灯光里
丢掉自己

2019年6月8日

# 水域

有音乐
很舒缓地从天空泻下来
带着颜色，濡染了整个海面
水面变得广阔
变得深蓝

那支曲子奏响了吗
在水面。在船上
望着眼前大片的水域
生命的痛和忧伤
从水底升上来
浸湿自己

2014 年 10 月 19 日

## 雨中的大麦熟

大麦熟,是一种花
平凡,朴素。
朴素得让人都不敢审视自己

今天有雨。看雨中的大麦熟
仍让人想起昨天亭亭玉立的样子
天气晴朗,阳光普照
默默地做着自己该做的事儿

大麦熟,一个很普通的名字
举止大方得体,一身的工装。

雨里,大麦熟盛开在伞外
让人看见雨幕后一个大的背景
把花一直开在茎干上
把尘世的媚俗,安置得很挺拔

2021 年 6 月 12 日

## 表述

孤独以雪的形式伫立在辽阔之上
雪孤独吗

孤独站在雪原上,驰骋千里
一棵不算大的树和白茫茫的雪,一起远望
谁是孤独的

一张图片。一棵树,一片雪原
出现在众人面前
谁会离开,谁又会留下

2018 年 12 月 26 日

## 暮晚

远远的房舍亮起了灯火
没有鸡犬之声
你眺望了许久
小木舟漂在大河之上
你漂在舟里

这是一条千年之后的河
周围一片荒芜败落
腐蚀的钢架桥、杂生的野草和漂流的垃圾
以及小舟上的你

这又是一条千年之前的河
大河平缓流淌
你在河上，小舟里
思念在那灯光里衍生

千年之后和千年之前
会有些不同
一条大河,两只小舟

在橘黄的时光里
停留

2015 年 10 月 9 日

## 沉默

暴雨使失眠更加的年轻
失眠拖住夜晚
而夜晚躲进了雨中

都在水里沉默

你作为一种力量。在旁边
像一块黑铁,不断增加自己的硬度

2021 年 7 月 31 日

## 黑夜的袜子

路灯,汽车,流浪猫,晃动的树影
一个醉了酒的人走过来
把一年的悲欢都倒在了马路上

路灯闪烁,行人稀少
一两声狗叫敲打熟睡中的院门
你蜷缩在床上
厚厚的梦正掀开身上的棉被
山谷的夜开始迷醉

此时,我想。

黑夜的袜子
将会在明早儿丢失

2020 年 9 月 15 日

## 无题

该搬动的物品早已清空
她每天都来一趟
静静地站一会儿
让心里的欲望把桌面抹干净
然后,拾级而上

身前的光亮自然柔和
在脚下不断伸向四周

摘下头巾,打开那扇栅栏门
大片的芦苇,扑面而来
让半个血红的太阳
深陷其中
秋天被渲染得不知所措

2018 年 11 月 25 日

# 那一天

冬天的那根触角,不停地
把许多城市和大河
逐渐冷冻。以及
我的心情和即将入住的宾馆

我从千里之外带来的一片树叶
水分正逐渐散发
像我阳光下的面容
在疲惫中凋零

只有心中燃烧的那片烛光
还闪耀着一丝希望
簇拥着一屋子的光

2017 年 7 月 20 日

# 保密

站在高高的山巅,是一个国家的高度
沉默不语
脚下的磐石是如此的坚硬
他知道,话语是不能随意表达的
就如眼前的山林
脚下的花草
只有在风中才能摇摆一样

秘密是一株高大的植物
净化环境,遮蔽风雨
常常在风中静默如夜。无所欲求。
不像那些蚊虫,动物
只要一有痛感就发出声音
把自己的一切都暴露无遗

他就这样,和一些植物静默如尘
像体内一个细胞组织
很少开口

2015年6月9日

# 小满

那扇门半开着
纯纯的木香和着阳光
散落进来
青瓷瓶里的牡丹,一大一小
张开大朵的雍容
邀请门上那段明朝的时光
一起,把汁液滴进
木桌上
两个青瓷小杯

2013年7月6日

# 场景

曾经熟悉的事物
只是一段记忆的补丁,充满了欲望
长长的荷茎
满身的汗水。手拉着
枯萎的莲蓬
直面荡漾的水面
一条丰美的鱼,在时间的下方
自由游弋
红透了周边的水域

2013 年 7 月 7 日

# 暑气

我已看不出天空的方向
会在何时转身
红彤彤的一片
在燃烧。天空,大地
只有一辆马车,在缓慢地行进
除了两匹疲惫的马
车上空无得
只有赶车人和一条鞭

2013年7月7日

## 谷雨

谷雨了,一个声音
在春天的最后一个日子
飞了出来
潮湿的云,开始网住天空
向下,再向下
使水汽,尽量贴近泥土

从这一刻开始,每时每刻
花瓣都在零落
只剩下铺展开来的绿叶
伸开手脚
肆意地繁茂
满载着大量的阳光
把枝头挤满压弯

2013 年 6 月 16 日

## 立夏

雨开始磅礴起来
淋湿了以前的一切
上火,牙痛统统跑到了一个角落

桃花、梨花都谢了
树木郁郁葱葱地开始舒展自己
连身上每枚叶片
都在高歌

谁都不用再躲躲藏藏
譬如人类、动物和昆虫
都可以在这个繁茂的世界,寻找
自己

2019 年 5 月 12 日

## 颜色

说不清楚你到底是什么
许多墨绿的叶片，簇拥着
粉红、浅红的花
大朵的它们在晨露里低语

明代的瓷，烟雨沉沉
有山，有水，清淡典雅
还有三枚小果微红地斜卧着
远处的青瓷
有股清水在小杯里荡漾

你在旁边
分不清那一片的江山，那一片的春光
是什么颜色

2014年1月27日

# 旧物

三年了。窗外的树枝都是旧的
回忆是旧的
站在回忆里的人也是旧的
你脑海里还残留带有温度的唇痕
一分钟前,梦的余温也是旧的

你还走在那条山路上
对于她而言
早已没有了行人,没有了风

发生过的,未发生过的
都是旧的或即将变旧

2020 年 12 月 3 日

## 燃烧

她一直很平静,淡淡地说着
然后把头仰起来,火焰
从嘴里喷涌而出,不停歇。
身体开始变得透明、炽热
肌肉、血液、骨骼由明亮变成黑暗。灰烬
成为我们的目标

整个世界都在燃烧
水、空气、树木,以及
在你眼前一直飞翔的那只鸟

2020 年 11 月 19 日

# 纪念日

把那个值得纪念的日子
交给一段光阴吧
一件花布长裙轻轻地摆动
朴素、动人。
你站在斑驳的树荫下
看着阳光一点点地移动

在七月,一座城市的转角处
一丛丛的木槿花
就像坚韧的爱情
温柔地盛开
一朵,一朵,又一朵,挤破整个夏天

某年某月,一个濡湿的日子
跌落在那丛木槿里
很值得去纪念。盛开也会更持久

2021 年 7 月 19 日

# 星光

乌云压过来
阻挡了星空以及星空里的光芒
你站在夜晚的斜坡上
借用远处的灯火
搬运暴雨到来时的全部倾泻。
在此刻
闪电会划破夜空
缝隙里挤满星光

2021年8月1日

## 醉酒

落地玻璃之外,群楼林立
室内剧情
站在我的身后,大雪纷飞
一场真正的雪
在那条紫色的围巾里
偷换着内衣

她们都喝醉了
计谋渗进了红酒里
不断地发酵

2021年12月7日

# 下一站

那一晚,歌声嘹亮
我们走在夜色里
剁椒的颜色让每个人兴奋
你看上的那只玉手环
上面有双眼睛说
"这是老大给你的"

明天会下雪。在雪天
你把我的青春押解回乡

2021 年 12 月 6 日

## 惊蛰

春天又向前移动了十五公分
一只昆虫顺着那根藤条，向上爬
从生命的低处
带着温度，向上爬
太阳越升越高
向上，爬进时间的高处

手机猛然震动起来，知道
你已到达南方的一座城市

## 行驶的口音

他们说着好几个地方的口音
河北、河南、山西、贵州
长期奔波在路途上
行驶在国道和高速公路上
有时，在阳光下我能看到他们
默默地劳作的样子，像一群蚁族
他们时常在一起抽烟
窃窃私语
就像刚刚扬掉的烟蒂
余温还没有散尽
就又启程

2023 年 1 月 17 日

## 视线之内

远处的黄昏不动声色
道路,树木也不言声
夕阳西下,余晖
把世间的一切都镀了一层橘红
包括停下来的车辆和行人
以及漫不经心地变换着数字的红灯

在十字路口
远处,夕阳的脸
被住宅楼的顶层
切去了一个直角

最后,并鼓励性地看了我们一眼

2023 年 1 月 18 日

第 2 辑

# 每朵云都下落不明

# 失眠

就是把眼睛闭上,也能
感觉她在显屏上的余温
没有声音

黑暗就像一池清水
荡漾着一夜的不眠

一张白色的面孔,棱角分明
飘浮在夜色的膝盖上
一上一下
探寻一个背影的远行

抱膝而卧
眼神里散发着一段旧时光

2019 年 2 月 1 日

# 梦之外

每个人的心头
都有一片光,一张纸
以及不断在灰暗中
着色和演变。一刻不停
它们没有颜色和味道
只有声响
就如我们的夏天和冬季

梦的温度,在不停地失去自由
直至我们醒来

2020 年 2 月 3 日

## 心里的江湖

江湖是红色的
在自己脖颈处,不断振动
还有嘶哑之声
在身体近处,不断悬停

一个木质的筼,用一厘米的厚度
在梦境的边缘。摆动

黑暗中,一道白色的亮光
在水面上
走过来。见不到河底

2020 年 2 月 3 日

## 那场雪

飘飘洒洒的雪,披落在树上
布满树的枝杈
像多只冰冷的手
相拥在一起。取暖
就像灾难中的人类

雪下下停停
道路上没有存下我的脚印
大地像是虚掩的门
把时光拉进生命里
紧一些,再紧一些

2020 年 4 月 19 日

## 睡眠

走出来就丢失了
眼前是一条布满土渣、野草、石子的路
思念被人拿了起来
在三个方向甩了甩,就干枯了

睡眠失去了湿润,气味
柔软的事物开始变硬
鲜活从手里瞬间抽干
不断变短,不断变细
谁也抓不住它

只有两段又硬又光亮的句子
握在左手里
有种金属般的质感
冰凉冰凉的,像两只睁得大大的眼睛
无法入睡

2020 年 1 月 20 日

## 大雁厂

站在空旷的场院里
没有羽毛和飞翔,一阵阵风
冰凉的,潮湿的,充满春天的味道
在院子里走着,跑着

大雁早已没了踪影,记忆停留在房舍里
不敢出屋。
只有看院人和一条狗
以及正变绿的草

还有许多淘汰的仪器设备
在院子里,从不作声

2020年5月20日

# 盛开

每到三月,情绪便低落下来
就像开满桃花的枝蔓。纤细的
伤感,在桃花背面
不断换行

北方的桃花,四月开
你会看到我盛开前蜷缩的样子
在暗处不断积存着妄为的放肆
只待身上的外壳
露出一线的光亮
体内的喊声,就会传遍山野
让绚烂
都感到绝望

2021年4月3日

## 恐惧

上岸了。浑身湿漉漉的
爬过那段黑云压顶的桥
一步一步,走向我。
灰色的漆皮是你斑驳的伪装。

亦步亦趋。娴熟地走出
你身后恣肆的汪洋
眼睛里那股锈蚀的味道
一直向前,闯进人的梦境

他们都说,恐惧有时
来自身后的方向

2019 年 8 月 9 日

# 欲

在风雪中行走的人
爱情被紧紧地攥在了手里
只有这样，才能不停地被体温唤醒

湖水里的藻类仍在生长
爱在夜里睁开了眼睛
开始上岸

爱情有时就是一个人的事情
一直放在左上衣口袋

2021年9月20日

## 孤独

一波一波的浪,涌过来
在波谷里隐藏
在波峰上接近天空
黑暗,一片一片靠近
遮挡,最后一丝光亮

你不在身边,它来得
常常是这样汹涌

伸出的手臂已靠近堤岸
孤独,趴伏在潮湿的掌心
我已无法回首
只能站在夜的边沿
看眼前这片辽阔的伤口

2019年8月13日

## 缝隙

两边都是高大的树木和砖墙
繁华活跃在高墙之外

荒草和废弃的铁轨被遗忘在春天里
方向不断延伸
花儿仰望着天空
蝴蝶在草叶间翻飞

荒废,并不是一个城市的伤口
就像躺在草丛中长长的铁轨
是这座城最初的青春和记忆

2020年5月9日

# 下一个春天

你忧郁的眼神
在风中微微倾斜着。在一棵树的旁边
炊烟已袅袅升起,你说
今年,会化作一粒种子
让雨浇湿在旷野里
然后,疯狂地站进下一个春天

默默地看着那片田野
被层层覆盖

此时,我
正站在牵牛花的门前

2020 年 5 月 9 日

## 每朵云都下落不明

三月的一个午后
农历被扔进一个柴垛里
微凉的春风变得有些茁壮

天空蓝得失去了杂质
云站在蓝天里,慢慢变白
就像漫山遍野的梨花
在树上慢慢地开
直到被涂了颜色的时间,覆盖

白云飘荡在蔚蓝的时光里
在某日的雨天,云朵下落不明
花儿已逝
我们必须忍住悲伤

2020 年 12 月 23 日

## 外面的雨

窗外的雨浩浩荡荡
忘却了漫长路途上的疲乏
毫无顾忌
敲打着世上的一切事物

你坐在车里。微笑
开始侧过脸来
看着外面大段的声音
被挤压成薄薄的记忆
在座位上,总有一天
会发现失散多年的自己

身在雨中,心在雨外
以后将不会再有人,在雨天
查阅你的心情

2020 年 12 月 24 日

# 坡地

紫色的光从高处向低处
不断地流泻。凸在一片平原上
它什么也不说
脚下的布匹很匀称地平铺着

牵牛花在生长
枝枝蔓蔓
不断地向四周发出邀请
谁都无处可逃
都要在脚下的位置
站出属于自己的领地

让花朵不停地开放
让爱情出现在梦的边缘
我枕在梦的脚趾之上

时间,开始出走

2017年9月9日

## 那段记忆

从布满山石的路上
回返。记忆停留在那个隧道口
有个声音不断嘶喊着
快停下来,不要前行
喊声把我推了一下。向左
我抱住了时间的冷

温暖的光没有了,只留下
燃烧的味道和袅袅的烟
停留眼前。记忆
就像一条即将冻僵的蛇
定格在那一瞬,一动不动

2020 年 12 月 29 日

## 恐惧心理

把耳朵放在手臂上
黑暗里,血液的流动声清晰可辨
恐惧的脚步越来越近

风,开始肆无忌惮
黑夜是如此的空旷
门"吱吱吱"地响
恐惧就站在门外

把手插在工服口袋里
恐惧就像一张没有边沿的纸
躲藏在心底,直到天亮

一夜的风声
用绳子把风中摆动的门捆住
风仍在刮,恐惧被绑在了门上

2019 年 1 月 16 日

# 路过自己

在清晨,经常路过自己
神情凌乱
路过你丢在鼓浪屿的微笑。风吹过来
收割一宿的睡眠

太阳再一次落下去了。在西边
大片的霞云
站在思念的刃上,开始
抚摸时间的锋利

此时,我会躲进即来的黑暗里
倾听自己。源源不绝的沙粒
敲落在身边的玻璃窗

2020 年 3 月 7 日

# 室外室内

花苞在枝头恣意绽放
在清晨和黑夜,大摇大摆地行走
绿叶默默地跟随

在光阴里

墙上的挂历一页页撕下
动作不断重复
墙皮剥落,生锈的钉子
松弛了满脸的皱纹

室外室内
时间不断地更换面孔

2019年5月29日

## 诱惑

它是一个苹果
红红的,很是平凡
在午餐的边缘,行走
被一层毛绒绒的光亮
包裹着。悬停在鼻尖的前方
逐渐变小,模糊
和一粒布洛芬,每到秋季
在一山村的村口
绽放微笑

2019 年 1 月 17 日

# 盐

你爬上去,我爬上去
我们站在帆布之上,远望
盐的面孔

它们是原始的晶体,白得亮眼
和时间比邻而居
白云在蓝天下悠悠飘过
我知道,此刻你正溶解在水里
行走在生命的低处

就如现在
在我脚下,间隔着一层布匹
把我高高举过晌午的头顶
接近云朵

2019 年 9 月 1 日

# 一个背影

从来没有像今天这样
把你放进诗句。在一张图片里
不停地变换着表达
多次修改后的痕迹
更接近你令人熟悉的背影

我知道,你早已开始新的旅程
生活的味道早已贴近皮肤的毛孔
让汗渍不断地浸润,然后
在空气里弥漫出自己

而我,一直把你放在心里
从黑夜到白昼
在光线的背面,让你
不断生长。在远处
让人一眼就能辨认
那个站在山坡上的人
正远眺时光的低处

2019 年 5 月 8 日

# 回家

一列绿皮火车
"哐啷哐啷"的声音
穿越一座座山的心脏
穿越平原的一张大脸
填充你回家的身体和思想

那是一列奔跑在夜色里的火车
在大地的肋骨上
一节一节地缩短你多年的孤单

路程被时间紧紧地攥在手里
不断被拉近，拉近
家乡的距离

有时
回家也是一种思念的方式
一大群回乡的表情，一路上
在车厢里绽开

2021年1月28日

## 花草

日子很浅,也很静
时间使你委身在花草间

窗台上的花朵,滋润优雅
招惹了许多围观者
就连荒野里捡来的石头
也慢慢风化起来,动了心
几盆开花的植物
已在三月里上岸

2020 年 11 月 16 日

# 床头灯

关掉床头灯,黑暗如旧
灯光,一生也看不到
自己被驱离的伤痕

心里的一丝光线
就像是一条笔直笔直的夜路
在浓浓的黑色里
错乱了方向,让
时间慢慢地习惯

你在人间,早已居无定所

2021 年 4 月 14 日

## 一些事物正在消失

有一天，我站在一个地方
一个没有高楼，没有车辆川流不息的地方
一个没有高山和参天大树遮挡视野的地方
我站着，看着远方
远远地望去

爱情正站在自己的阴影里

一些物体正由大变小
慢慢消失
只剩脚下一米见方的寸土
和站在上面的自己

2021 年 6 月 13 日

## 自画像

雪下得那么认真
那些纷扰,已经消融
囤积在眼里的篝火
让我们变成迷失的孩子
在雨雪天
你会听到体内锈迹扩展的声音
伤情的,躲避的,冰冷的,远走的……
上楼、下楼,伤痕累累
不断地变换。
却始终改变不了时光的硬度

2021 年 8 月 30 日

# 七月

七月,皂荚树郁郁苍苍
他打开玻璃窗
散开心事
空气里散布着暴雨的气息
风声,呼啸而来
像是暴雨在碰撞一段文字
在傍晚
该来的,来了
在一本诗集里
夹杂着对尘世的迷茫
烟花肆虐
他静坐在暴雨里,睡意全消

2021 年 7 月 30 日

## 数码一条街

一个人逛一条街，有多少时间会留下一个认真的眼神

电脑、手机、记录笔、音乐。现在，未来
一曲轻音乐，一个咖啡店，以及你身上的麻布衣裙

你从一条街里走出来，思绪还在数码里
时间给了你动力和勇气
欲望和购买正进行下一次交谈

一旦走在沈阳，所有的光阴就会被切成长方条
二十条街道，我只逛了几条
在数码里，答案早已给我配备

2022 年 4 月 5 日

# 相约

水域宽阔,船在行进
两位女子。一只白猫眯着眼
眼前的船帆鼓起,洁白的云
在身后随行
路程很远也很近
那只嫩白的手,松开紧握的心情
一枚几百年前的铜钱
看着天空,蔚蓝蔚蓝的
平躺着希望的发声

一字两文

2022 年 9 月 11 日

# 木槿花

暑夏里的木槿花
把一世的温柔交给了夏天

酷暑来临
许多的行人,汗流浃背
都急匆匆地从木槿花旁经过
而她仍不温不火、不紧不慢地开着
充满着耐心

从初夏到霜降
木槿花一直在开放
那一朵朵粉红的脸
多像一场旷日持久的恋情

2022 年 9 月 12 日

# 芙蓉葵

我真的想写写她,芙蓉葵
此刻,已经在我的身后
白色的、粉红色的花朵,开得很大
质朴得像是纸做的
融合在黄昏里

我不停地向前走着
芙蓉葵的笑脸,不断地躲向我的身后
就像一股又一股濡湿难耐的热浪
涌过来,挤过去

在今年的这个酷暑,芙蓉葵
把生命描绘得是如此的真实

2022 年 8 月 15 日

# 秘密

你一直在翻飞
翅膀上的灿烂，相互依偎

芙蓉葵绽开的脸上
仍是一个炎热濡湿的盛夏

你停留在芙蓉的叶茎上
眼前就是一朵即将盛开的花
翅膀微动，朴素的面颊
面对着蓝天
隐藏了又一次生命的颤动

从东到西的行进路线
在炎热的天气里
你一直守口如瓶

2022 年 8 月 12 日

## 梦见

在梦里的一个十字路口
我看到了你的身影
光线，弯曲了夜的颜色

每天步行二十分钟
从家到单位，从单位到家，到超市
循环回复的脚步，在沙坪
演绎着生活的一部分

十年了
时间被拉成一条直线

我说昨晚梦到了你
没有声音，也没有回复
苦涩的汁液不断从香椿树上
流出。一个豆粒大的伤
一直愈合到现在

黄昏，弗洛伊德站梦外
向我伸出了一只手

2022 年 11 月 7 日

## 三月里的雪

想起三月里的大雪。远处
她不停地拍雪,用手机
拍摄雪中的自己
两辆轿车在漫漫的雪里踟蹰

赏雪的人
都喜欢把心情呈现出来,在雪里纷飞

当再次来到公园的时候
杏花、桃花自由自在地绽放
大雪过后
植物的开放是如此的热烈

2022 年 7 月 6 日

## 花香

从来没有想到，有一天
会失去你的信息
微博消失、微信消失、手机停机
只有你送我的那朵小花
仍平躺在书页里
静静的，没有了水分

我仍留有你的案底

就像那朵小花
失去了水分
仍有一缕淡淡的香气

2022 年 12 月 25 日

第 3 辑

# 给黑夜开个窗口

# 车过爱情

纵横交错的路很多
我的车
缓慢行驶
穿过一大片的水泽和一群一群的蚊虫
飞动的禁区
穿过一片一片的芦苇,红柳丛
穿过一栋栋低矮的砖房,一片青涩的时光

行驶。开灯行驶
从过去的日历里驶出来

2018 年 10 月 13 日

## 因为你，我才如此青春

因为你，我经常飞临
南方的那座城市

一年，总有那么几天
道路会变得很拥挤
但心灵却时常跟随天空，一起
涂抹大片的蔚蓝

每年，我都去趟那座城市
不为什么
只是想看看那朵玫瑰
会不会为飞行而变得殷红
在沙坪，开满南坡

就像现在
我又飞临你的城池
带着特产和满篮子的花朵
在温暖的阳光下
繁茂盛开

2013 年 1 月 1 日

## 那女孩

许多人在午睡中还没有醒来
女孩儿就已在媒人的话语里生长
学历高,身材苗条,皮肤细嫩……

一杯酸奶
在灿烂的阳光下,很温润。

你抬起头
看了看,那躲在光线后面
一只老手里的照片
她腼腆的样子,像是密林里的一株植物

你要找寻的,她不具有
比如悲伤,比如爱与恨
比如。在黑暗中被吞噬的晚风
该如何穿透树林的厚度

2021 年 1 月 7 日

## 成都女子

那真的是一条河，五彩炫目
流动在脚下，在心上
就像你垂肩的秀发
自上而下，清香柔软
从窄巷子到宽巷子
还有那脚步声，款款地
端庄秀美。后来
站在蜀汉路的上方
发现，我一直站在你的背影里
看那锦江的水流
穿我而过。月亮，不语

你站在桥上。夜色，星光
在你头顶的高高上方，不停地闪烁
暗淡而遥远，只有这条河
汇聚着四方灵秀，在
脚下涌动，流淌

看着你，就在那一晚
拿着相机，看你黑黑的眼睛和长发
芙蓉花的香气，在一座桥上流泻
一位成都女子，使时光变得橘黄

2014 年 11 月 8 日

## 路途

一块不大的空地上，生长着
几丛紫红色的小碎花
簇拥着，指向天空
每天你都经过它们
在几对蝴蝶的飞动中
灿烂地开放

为了使爱情更加完整
蹁跹在茜色间的蝴蝶
在中午，天空越来越远
不停地翻飞。

远处，湖畔迷路的人
将爱情
放在了路边

2020年8月28日

## 芦苇的爱情

春天来了
我们可以交谈了,顺着风的方向
谦卑地弯下身躯。话语软软的
不谈爱情

无风的时候,面对面
都把头仰向天空
从不过问,在泥土下足够的深度
礼貌地握一下手

你的气味每天都在弥漫,不管什么季节
只要风一吹,我们
就朝着同一个方向,虔诚地祈祷
弯腰的骨节声
以平行的方式响起
从不交集

2020 年 3 月 22 日

## 烛光

每天的夜里都不孤寂
因为有你,伴随着一路的行程
漂泊在夜的深处

你的那点光亮并不大
却一直包裹着我和我身边的世界
背负着黑夜,在风里
经过树木、青草以及花朵的香气
一路前行

每当黄昏脱去阳光的外衣
我就能看到你的呼吸
在闪烁。爱情站在花丛里
黑夜,是如此的厚重

我一直挣扎在尘世的烟火里
在黑暗变浓时,等你引领

2021 年 6 月 10 日

## 又一次听到你的声音

好几年没有你的音信
其实,我知道
你就在我左眼角余光的前方
一栋多层的工业大楼正在封顶

你的声音响起来,在一部手机里
从风中穿越道路
一棵高高大大的树木茂密生长
风一吹,挂满了你的声音

此时,路的两边长满成熟的庄稼
思念正从头顶散去

2021 年 8 月 28 日

## 春潮

没有出口,只能翻墙而过
很轻便地
暂停在一个角度里
爱,有时会在呼喊中浮现

我知道,你不会让爱情再一次押入当铺
绿叶,花朵,长满枝头。

时间放慢了脚步。星空下
你打开封闭已久的身体,让潮水汹涌
春天的那个眼神,打量着从远处吹来的暖风

我们都卷了进去

2020 年 11 月 15 日

# 那场雨

不谈牛仔裤和碎花布裙子
一切都不谈论
只谈你的后院里生长的高粱和玉米

多年来,一场持久的旱情
在一场大雨中找到了出口
电闪雷鸣。此时,你怀想一滴雨
如何会在那个动荡的天气里
解读爱情

后来。我想
只是那一次的雨下得比较陡峭些

2020 年 11 月 15 日

# 失恋

你将是一只飞鸟
在冬天里的棉袄里消失

爱情的边墙正在坍塌
手中的弯弓,正拉满记忆的往事
从前,那片灿烂花海
多年后,也许还能再次看到

现今,你一贫如洗
只剩下后山上的那片树林
仍鸟鸣满地

2020年11月15日

# 做客

几年来,一直没有见到你
院内的橘子树年年开花,年年结果
想我,就到橘子的内部来找我
一瓣一瓣的思念,紧紧地拥抱
在一起。酸甜杂陈,炽烈搭肩
过来吧。到时月光会站在你的身后
在第一时间
把黑夜装进白天
用第三人称
把白天引进黑夜

2020 年 11 月 15 日

## 把双手举过头顶

一枯一荣。事物不断在风里演绎
每棵草都在试图挽救自己
让所有的掌声从表情里撤走
让生命的长鞭,不断追赶

目光尽处,我已看不见你的身影
已无从知晓你的来处和去向
新生与死亡,欢欣与苦难
每年都在春天开始,在深秋结束

大地,也已多次揽我们入怀
在十月的风里
把双手举过头顶

2020 年 11 月 15 日

## 拜访

请到苹果的内部来吧
你说。手里拿着的那张名片
举过你的头顶,在风里
喘息已等待多时
诱惑正走向腐烂

每个水果的内部,都有一个坚硬的壳
一千次敲打
就会得到一千次的希望
我们行走在爱情的疆域,无所顾忌

只要你穿越果皮,前来拜访
我就会把那个杯子里的柔情
喊出来

2021 年 1 月 18 日

## 零下一度

零下一度,我们正在冷藏
花季的灿烂已在千里之外
只有风的余温
还有一棵槐树上的两片树叶
没有呼救,只有枯黄。

鲜花、瓜果以及蔬菜都躲进房间
想着自己的心事儿
就像我们众多的爱情
走进婚姻的院落,在零下一度
冷藏。她们说
只有这样,爱
才会长久

2018 年 12 月 12 日

## 桃花有毒

打开一扇朝南的窗子,那场雨
桃花有了意想不到的逢迎

麻雀站在枝头,方言包裹在花蕾里
拒绝回答一切提问
一丝丝阳光普照过来
嫩叶开始过敏

许多待放的花苞里
一群灼灼夭夭的女子
坐守家园
等待一只飞动的蝴蝶
让盛开充满剧毒

2021 年 3 月 14 日

## 自己的夜晚

每一个人都在成长
你是我的一座城
我是你的另一座城
站在城的高墙上,遥望夜晚

你知道,我不会把自己
放在阳光下。只有夜晚
梦才会长出翅膀,并
自由飞翔。全身心投入到
每一个黑夜
没有丝毫负担。

没有人,像我这样
几年来
每晚都把自己放在时间的边缘
不停地磨损、涂改

2021 年 4 月 1 日

# 你好，四月

在一个日子的凌晨，一个房间
你站在一个节气的边缘
看许多的花朵，挤拥着
在四月的怀里盛开

白的、红的、粉红的花，一朵一朵……
就像生命里一个又一个转瞬的停顿

看着屋外的世界，十万朵的桃花
繁闹盛开
我想，一定有一个人
在花丛中想像我的一举一动
在四月。
观看，我连绵起伏的春天

2021 年 4 月 10 日

## 不一样的我们

为了迎合摇曳
光线一点点抽身而出

把紧闭的门窗依次打开
看着雪缓缓地飘落
寒风在低处行走

树木的目光
披一身纯棉的布衣
在夜色里,肆意放逐
你就像他的画板里走出的比喻
一步步将自己打开

而我,仍留在原地
用黎明到来时的节奏欢歌

2021 年 4 月 13 日

# 重逢

我经常失眠,为了那段泛黄的记忆
油田的夜空,积极上进。
采油树的声音在我们头顶
吟唱。很少停歇
就像爱是一种本能
她气息迷人,但我却不能拥有她一生
有时,黑夜会让人更自由
马匹飞驰在天空
可以随意地想念。在黑夜
经常失眠,多次和熟悉的自己
重逢

2018 年 3 月 6 日

## 春天的伤口

你经常在黄昏里散步
脚步轻轻,夕阳下的树木
沉默不语

傍晚来临,路边的花香
传来盛放时的疼痛
春天的花粉和那个从你身边走过的人
是危险的
她是悲伤的报信者

爱情常以潜伏者的身份
隐忍在风里
每到夜晚,缝合的伤口都会在黑暗里
重新裂开

2020 年 8 月 10 日

## 蜕变

夜色里，你说阅读
是你躯体内的另一种黑暗

我不明白，你的表述
是不是早已长满苔藓
那暗蓝的汁液，一直
在一堆整齐的文字里
睡眠，舞蹈

没有人更了解你
我找遍了整个山坳
也没有见到一丝踪影
就像树枝上开的花
说落就落了

2012年8月13日

## 脆弱

你一定让冰雪包裹全身
穿过那片忧伤的音乐
和带棱的歌词
闭上眼睛，让身体不再摇晃
风吹过它们
悲伤的匕首，纷纷撒落

我现在脆弱得一听见忧伤
就开始落泪
许多人的劝慰充满身体。都说
让树荫的周围充满阳光

我知道，黑夜里
仍有许多伤口需要缝合

2020年6月8日

# 花开了

经常去于家堡,于家堡的花开了
是种植的。风一吹
你能看到被种植时的手温

它们一朵挨着一朵开
又一朵挨着一朵凋谢
像我们身边的人,不停地来
不停地离开

大草原上的野花,也是这样
一边开,一边凋谢

其实,我们都被时间种植

2020 年 4 月 25 日

## 下半年的余温

今年一年的时间不算太长
一阵花期,一场炎热
一年的粗粮,尚在赶路
爱情的走势已偏低

我就是你体内一段疯长的柔情

田野里,爱情是多么的辽阔
稻草人表情生涩。秸秆柔软。

总有一天,你会从口袋里
掏出自己皱巴的样子
发现,下半年的余温一直没有抵达
爱情,因你而搁浅

2021 年 4 月 28 日

# 初识地

蜜蜂的危险,是面对一朵陌生的花
盲人的危险,是面对一段没有盲杖的土路
我的危险,是坐在一片沉默不语的植物中
在南方,细雨纷纷

那座凉亭,已恍如隔世
渐渐变旧,慢慢陌生
我一直坐到被花草包围
黄昏和你们一起沉默

这里的树木会继续开花、结果
慢慢遗忘和衰老,直到
我再次坐到这儿

2021 年 4 月 1 日

# 渡口

多少年了。我仍看不清忧伤的模样
把思念放进一朵待放的花蕾里
我坐在春天的长椅上
看花朵释放疼痛。

我知道。你正在把她淡忘。

那片漆黑的柔软,也不断地被挤出体内
绿衣披满枝头。在阳光下
茂密地生长

我想看到花谢时,疼痛地飘落
让每一片树叶都变成时间的一个渡口

2021 年 4 月 28 日

## 城墙上的一天

我们迎着升起的太阳
在城墙上漫步,这里的
每一天都是新的,空气、雨露和朝阳
手拉着手。我们的爱会保存得很完整
就像这脚下的古城墙
历经千年而不倒

我们,我们的先人和子孙
过去、今天、未来。
都会在城墙上登高漫步
把爱传递到脚下的墙里
长出松柏和旗帜

2021年4月29日

## 那些日子

只要一想起她,记忆就开始失眠
在雨中,在一杯加糖的咖啡里

她有光芒,在人生的某个阶段
点亮我生命的一部分。爱情
在夜空中闪耀

她的身影,她的气息和眼睛
缠绕在身边,是如此的茂盛

过去的那些日子
有细雨,也有阳光
多次从拥挤的人群中穿过

2021 年 4 月 4 日

## 小区门口的车站

一趟车开开停停，周而往复
搭车的人无数
看得见的，看不见的
一切事物都在默默地行进

月份撒下一粒种子
在庆祥南里的门口
长出一个孤单的公交站牌
上车下车。每趟经过的公交车辆
都会在站牌下吞吐

我们行走在时间的杂芜里
每经过一趟车
生命就又损失了一小部分

2021 年 4 月 21 日

## 过程

一切都让时间去安排吧
顺其自然,是让花朵凋谢的最好方式
我们曾经开放过,美得那么忧伤。

现在
你却沉默成了一把锈钝了的刀
每一天都把自己切割。
那个存储在二〇一六年的月份啊
我们站在你粗糙的嗓音里
彼此相望

我的身体上已布满了花瓣和泥土
才知道,凋零是如此痛楚

2021 年 4 月 30 日

## 给黑夜开个窗口

你承认,你的梦乡里收藏了太多的她
每当黄昏倾斜到水底
黑夜出现在枕边
她的影子
就是夜里生长的一株羸弱的植物
默默生长,从不作声。

多年来
你学会用思念去浇灌,用伤口去呼吸
游走在夜的边沿。
可是,从夜空出发的雪
却从未抵达过她居住的城市

有一天。你想。
给黑夜开个窗口
她就会看到你梦的表情

2021 年 4 月 7 日

## 写给你的诗

我从来不给某一异性写诗
因为,它会变成一个悲伤的暗示
让人无法逃离

今天,诗歌里的一只鸟儿
飞临重庆的上空
在四川的方言里,雾气重重
始终无法降落

这一生,都会盘旋在自己画出的曲线里

2021 年 5 月 1 日

## 我只看了照片一眼

一张半旧不新的照片
我只是看了一眼
你就凸显在照片里
微风吹拂
七八片绿叶围绕着一朵花
在雨天的困倦处,刺眼地开

我知道心里的寂静,即将破碎
生活是如此的完整
我早已身处其中
可是。我看到了自己燃烧的面积
即使不说,也已无法隐瞒

2021 年 5 月 5 日

# 花朵

春天来了
那些冷傲的树枝渐渐有了暖意
绿叶伸展，花朵打开了爱情
蝴蝶飞动，浪漫和现实处在同一个高度

宽阔的草地上
一朵朵花儿灿烂地开
那是生命隐藏了一冬的诉求
在春天的表达

中午逼近，太阳放出更多的光芒
比这块草地更广阔的草原
更多的花朵，打开自己
把爱涂抹在蝴蝶的翅膀上
在风里传送

2021年5月6日

## 土楼的雨

在福建，田螺坑遭遇到暴雨
我们躲避在土楼里
爱情是如此的坚韧
每一层的夯土，每一根木梁，每一片瓦
都有先人的手温以及我们的呼吸
这是一般人所看不到的
包括生活在这里的居民

住在里面，土楼干燥舒适
雨天的破败心情
在土楼之外，无法入侵。

我们手挽着手
就像挽着土楼里舒适的住宿
沿着木质的走廊
看大雨从天而落
砸在地上，破碎的声音
多像我们艰辛的人生

2021 年 5 月 2 日

# 蝉鸣

一种嘶叫声会敲碎十个沉默
在酷夏的濡湿中传出很远
在这之前,沉闷包围着一切
包括严寒里的那盆炭火

你在蝉鸣里,朝着声音的居所
启程
绝望一路跟随

路旁有蝴蝶飞动
美丽在流动的阳光里舞蹈
快停下来吧
不然,会被声音燃烧成灰烬

2021 年 8 月 1 日

# 围墙

那些花枝一直扶着墙
花朵盛开
高过人的头顶

红的,白的,粉红的花
站在季节的背上,叉着腰地开
不管白天黑夜,晴天雨天
在小区。在生活里。
只要能给他人带来欢愉
就会不停地怒放

哪怕自己身后的栅栏墙已生出锈迹

2020 年 6 月 21 日

## 湖边小路

不停地向前走
会遇到上世纪泰戈尔的热带表情
停下来
就会有众多的目光追上来，左右自己
只有继续向前走
让落山的最后一道霞光赶快隐去身形
多年前的你
就会返回来。迎面遇见

2022年1月17日

## 失眠的夜

你把每一个黑夜都当成一个时钟,老旧的
在荒野里行走到很晚
每一夜都在前行,后退
不停地徘徊在
夜的脊背上。左右无眠

黑夜是一匹不眠的狼
你一直在想,是把它还归山野
还是留在梦中,长期驻扎

你知道,不舍和焦虑
最终会让自己成为一只
关进笼子的动物

2022 年 1 月 17 日

## 那个车位

前面蔚蓝的天空
被街道切成长条状
你很快迷失了方向
车速很慢,每小时 10 公里

道路旁被泡桐树冠遮挡的建筑
在 25 摄氏度的气温里迷醉
自行车、电动车以及行人
都在不断地进入你的眼睛
周围的一切都很熟悉
你说,这是个恋爱的节气
这是一条爱情街

你开车慢行在街道上
寻找到了多年前的那个车位

2022 年 10 月 26 日

# 落户

路边的苇草在风中摇曳
爱情,倾斜在风里
没有人理会。只有
一种痛在缓缓地弯曲
在草丛里
你越走越远,已无法测量
爱情的忠诚

前方,一栋新的工业楼又将封顶
就像你怀里揣着的爱情

一座新的工厂正在落户

2022 年 10 月 31 日

## 关于苇花

苇花飘进了楼道,风作为陪衬
紧贴地面,不断地向前走
没有人阻拦
苇草在院墙外不停地摇曳

院墙上的铁栅栏看着摆动的苇草,面色生硬
却无能为力

我知道,不停摇摆的芦苇
就是让思念翻越栅栏,跟着风
掏出自己的心灵
说,你已被爱收容

苇花飘移到办公室门口
我侧身看了看
阳光照到了我的身上

我们都欲言又止

2022 年 11 月 10 日

# 一个声音

天马路 99 号,午后
照在窗帘上的阳光是赤裸的
没有栅栏
爱情不会匆忙而来
你站在营业大厅,东张西望
期待一个人的出现

你的期盼在不断地缩水
没有人知道爱情压在舌根下的那一部分
是什么颜色
当打开的那一瞬间
答案就已开始背对着自己

你拿出手机
轻轻地滑动一下手指
一个声音说,爱情已经回家

2022 年 11 月 12 日

## 无眠

黑夜里，温度、湿度都很舒适
烛光从思念的身后
走出来，向四周延伸
黑暗不断退缩
不眠正在点燃

我一定要看到思念的尽头
在燃烧的灰烬处
看谁最后一个走开

2023 年 1 月 15 日

# 吃桃

咬一口吧，吃一口水蜜桃
爱情的汁液
会流动全身，在夜里
我住在桃核的内部

我能感受到你唇的温度
在你咬下最后一口
我心底仅剩的一片黑暗
已开始燃烧

2023 年 1 月 15 日

第 4 辑

# 行色

# 盐湖

湛蓝湛蓝的天空下
湖面更加空旷

从来没有看到过这么蓝的天空
也从来没有看到过这么清澈的湖面
如果没有那只移动的鸟
不知道是站在青海的天空下
还是格尔木的盐湖上

湖里的盐和天上的云
一样的洁白无瑕
纯净得就像童年的那段时光
在高原旷野的风里
自由摇曳

2013 年 10 月 23 日

# 禾木

在禾木,我听见草原上的草
逐渐地变黄的声音

一位小女孩站在栅栏里面
看着
一头母牛正在啃食着牧草的时光

田野的野花停止了开放
鸟儿把蔚蓝的天空衔在嘴里
不断飞翔

山岗,白桦林,牧草,不断飘散的炊烟
一切的风景都站在白云之下

黄昏舔舐着草尖,在远处的光里

2018 年 12 月 3 日

# 废墟

你一定是一个城垛的废墟
在一个高高的土岗上
虽然没有了整齐的服装
但那一层一层的夯土
就知道，年轻时的雄壮与威武

岁月如刀，千年的沧桑
只有变成这样一个荒漠土岗
才会免遭荒沙的掩埋

阳关，我心里的那座古城呀
千年前，你围成了一座城
呵护来往不绝的商旅、行人
人在里，你在外。
千年后，你被岁月围成一个土岗
土岗外，铁栅栏锈蚀的味道
禁锢着脚下流动的沙
你在里，人在外

2015 年 11 月 10 日

# 巷子

那扇窗,没有木质的窗棂
只有青灰色的砖墙。在巷子的额头
一块古木横跨着
橘黄的时光

许多人的身影留在里面
巷子里,一件岁月的衣衫
在里面飘荡。层层的纹理
在细雨中不断地漂白,变旧

雨里,时间缓缓流淌
身侧一片休闲
一切都隐约在茶香里。我们
谁也看不清谁的面目
只把那个背影留给巷子
让它缓慢远去
就像她只能看到那条巷子里的青砖
无法分辨具体的年代和月份

2016年9月20日

# 月亮下的神秘谷

神秘谷的神秘
被饲养在一块潦草的碑文里
山花灿烂，杂草丛生
爬行在山路上的千足虫
吃力地为离去的夏天引路
我哪里也不去了
就小憩在这山谷的裂纹里

其实，我们早已跟随在黄昏的身后
欢声笑语，人声嘈杂
月亮升起来，山谷
被铁门关进夜的另一面
神秘正不断被吞噬

2020 年 9 月 18 日

## 赶路的千足虫

白天。一天比一天短
黑夜。一天比一天长
一条千足虫和多条千足虫
吃力地在日子上爬行

赶路的千足虫，多像落难的人类
要在日落前，在雨雪降临前
横穿多条崎岖的山路
找回自己的疼痛和坚硬

2020 年 9 月 18 日

## 西山峪的石墙

每天都有许多的人
走过来，站在石墙下
拍照留影，各种的姿势
使炊烟不断地升起。裙裾微动
石墙侧起身，让过路边的行人

每天都有欢笑声
让石墙上的薯秧
更加茂盛。众多的人
不断地依附着石墙
山村逐渐有了体温
黄昏，倩影，石墙，以及山石内心的粗糙
都变得越来越美，越来越柔软

2020 年 9 月 18 日

## 月亮湾的背影

她说，那个地方
能让繁杂沉静下来，缓慢
行进在荒凉里
在人们的心里生根

我知道，上千万年来
你就在那里不断地繁荣和衰败
如山一样静默地等待
让人世的悲欢不断上演

在我的面前，有一个行走的背影
雨幕里
怀揣着多年的忧伤

2018 年 11 月 10 日

## 古堤坝

我们走在真也东一站的背面
细雨不断地飘洒
山峦的另一面
是我们行走的脚步
路边清新的草坪和爱情
是善良的始发地

真也东一站的面目越来越模糊
流水的声音越来越清晰
在夜色里不断地扩张

一辆大卡车驶过
路灯惺忪的眼皮被昏黄的光
撑开。两三朵野花
在雨里仰起面颊
我们在细雨的后面

古堤坝,早已被夜色收拢在怀里
又有一辆大卡车驶过

2021 年 7 月 2 日

# 神仙湾

没有人能看到你的真容
除非能站在你头顶的正前方
就如一位神采飘逸的神仙
在事物的前面
在空间的上方
揭开你头上的面纱
让你的爱变得盛大
在众人的视线里不停地生长

此刻,行走在你身边
绿水青山,雾气蒙蒙
一把淡蓝的伞
把爱情撑开。让我们
在这场下了一天的雨里
踯躅前行,把你
一路种植

2018 年 11 月 25 日

## 喀纳斯湖

我是顺着水怪的传奇走来的
现在，就站在你的面前
伸手就可以触摸到你身体的波纹
翠绿，湿润，平静，一片神秘

坐在游艇上，一路前行
山峦青翠的两岸
波纹叠叠的湖面
那是挂在你额头的美丽，往往
美丽被一路撑开时，也会有丑恶跟随
喀纳斯水怪是你欲望中生长的丑恶
在人类的内心深处不断深埋

喀纳斯湖和喀纳斯水怪
风景和传说
会一直延续

2018年12月3日

# 芦山

除了晃动的瞬间
除了断垣残壁
剩下的
就只有以往的时光

炊烟站在时光里

一切都改变了模样
在你眨眼的瞬间,你
抬头望了望阴沉的天空
没有雨水和雪花,只有灾难
冷冷地吹来
渗透筋骨

为了四月的花朵
不让悲伤打湿
就要把泥石下窒息的道路
——打开
并不停地呼唤芦山
这个名字
阴沉的天气就会过去
当太阳开始升起
我们就会看到许多
从废墟中扯起的旗
在不断飘扬

2013 年 3 月 22 日

## 想起马尔康的桑格花

桑格花,在马尔康也有生长
草坡上,大片大片
如温暖的时光,年年繁茂
在梭磨河,在西索民居,在僧侣的衣袖里

高远的天空,是格桑花的表达
碉楼,羌寨夜晚的眼睛
警惕的瞭望口,让寨子平安地成长
抵御外敌,保民安康
令格桑花,长满了石寨的角落

石屋内,石路边
石头里长出的梦乡
充满着暖色。从高处俯看
红红的羌族石寨
太多幸福从黄昏里跑出来
咀嚼这清香的夜晚
只要静听,隐约传送的欢声笑语
那就是格桑花
在火塘旁的欢唱

几十年来,一直这样
街道的转角处,时间的光线
会让花朵向着太阳的方向挺立起来。然后
俯下身,让爱覆盖脚踝。

格桑花,绽放在每家的石屋里
斜靠在青稞的身上,每天
看安康融身炊烟里,缓缓上升
所有的朴素和优雅,都是她的身姿和面容
在蔚蓝里,在绿色的坡度里
优美,洁净。

我们站在晒日的经卷上,仰望头顶的云朵
洁白的信仰飘过来
笼罩梭磨河
有风吹过来
我常常想起你
在阳光里盛开的样子

2020 年 9 月 8 日

## 沙尘暴

在干旱的西北方
办公室简陋得有些危险
外面的天空布满沙尘
眼睛仰望着着远方
辽阔的天空在承受压力
许多人都在揣测命运和风向

你坐在一个台阶上,说
一切都是暂时的
沙尘会回归沙漠,青草会回归草原
我们会回归善良的内心

2019 年 6 月 9 日

## 港里的鸟

在一大的港里
那些鸟们每天都十分地忙碌
筑巢、生育喂养。早出晚归
匆匆忙忙
身上布满了咸腥的味道

那是一批来自天南海北的鸟
为了翅翼下那黑色的梦想
飞翔、盘旋在碱滩和海岸

大鸟和它们的后代
在那片近似灰色的天空下
不停地飞翔、俯冲
悦耳的呼哨声
开始逐渐消失,只留下
天空中划下的弧线
港里一大片美丽的巢

以及
小鸟眼里的天空和梦想

2018 年 10 月 5 日

# 计量工

有时想，该如何做好一名工人
如何让身上的技术散发光芒

每次倒完流程，你都在想
有一天，手里不再握有沉甸甸的管钳
像沥水的时间，去掉过多的重量

时间说：熟练也是一门技艺
为了熟悉一个流程
需要用一天的时间去琢磨

每一天，你都完成自身的工作
确信手掌没有生疏感
每一天，你都走向罐区
练习怎样亲近它们
直到手里的管钳不再说话

2019 年 9 月 20 日

## 距离

为了测量对石油的热爱
我究竟该站在哪个位置

是站在一九六四年的一月
还是现在站在你的对面

你满脸的疲惫和一身的油味儿
胀满了我所有的瞳孔

外面正在下雪
我已无法回答第一次接你回家的感觉
浓浓的石油味在衣服里不定地跳跃
就像我和你的距离

都说,有一种爱
接受时就带有命运的密码
和你相伴不离

2018年10月14日

## 身边的港五井

每天都从它身边经过
港五井
那是一段历史的记忆
而我就站在记忆的对面
从不说话

流量计的转动声,时常
把我拉进一堆时间的草垛里
顺着石油的流动
逆流而上
感受港五井
在喷泻那一刻的疼痛
以及过后的静默如碑

而我
就如周边的花草
静静地发芽和开花
在过往的风里
触摸那段记忆的余温

2018年10月13日

# 工服

那是一件被陈放在箱底多年的衣服
一道一道的沟壑鲜明
奇怪又老旧

它有着三十年的工龄
面容安详,温暖而质感
女儿,它能淹过你的头顶
让时光把你浸在水里多年

时间有时会凝固一些记忆的光泽
不论何时
看到这件蓝色的"道道服"棉袄
就会看见一种精神在时间里闪出的光亮
和石油一样,蕴含着能量
在黝黑的光里站立

2018年10月12日

## 看单井

过几天,就要离开了
你收拾着多年来
从身上遗失的气味
夏日的午后
抽油机的声音浓稠得
让人心慌

此时,多年来的孤独涌上来
跌落在眼前的树荫里

十几年来的月光,一直很皎洁
每天都水一样在心里荡漾
动作简单而重复
反复吟唱着,不远处
那钢铁的强度

2021 年 3 月 14 日

# 伤口

一直想知道,心里长出多少的年轮
才能竖起耳朵,听一听
那些采油树从白天到夜晚
从夜晚到白天,不停地转动
忙碌开出的花香

你也许不知道,油田
早已把许多地方的方言
种植在自己的怀里
让钻机的轰鸣,以及
黄昏时,窗户里的灯光带出来的欢笑
来把城市的伤口缝合得更好一些

2021 年 3 月 14 日

## 紧张

天气灰蒙蒙的,那天漏油了
一些不安定的石油分子
和压力冒名而来
在计量室,你匆忙地开关着阀门
随时都有许多的紧张,虎着脸从管线里流出来

七八平方米的石油躺在水泥地上
两厘米的厚度,已不再流动
都镇静下来了。寒风
在窗外呼啸而过

看着这些满地浓稠的有机液体
你会把它们好好收留

不论是雨雪天、阴天和晴天
只要把认真放在工作上
管线上就不会出现时间的锈斑

2021年11月24日

# 梅花扳手

把那把三十的梅花扳手给我
我已看见室温的缺陷
窗外的一层玻璃布满了冰花

把卸下来的螺栓、螺母放到一起
汗水沾满了额头
另一台离心泵正繁忙地运转,不敢怠慢
同伴身染保养的味道。在冬天
被天空的雪花,迷住了眼

时光不断地在泵体里旋转
把黑色的石油搬来移去

打开窗,雪花被吹进来
落在工具上
梅花扳手,又一次寻找
盛开的方向

2021年11月24日

## 汨罗江

每年的这个日子,都有
大量的粽香弥漫而来
喂养这里的水势。汨罗江。
一条大江大河
一跃投江的身影
是屈大夫不灭的魂魄
岁月、风,以及河岸的庄稼
达成千年的默契
依岸而居

汨罗江,一条不是很长的河流
缓缓而来,流淌了几千年
屈大夫涉水而卧。在河面
在粽香里,在龙舟上
我们敲锣打鼓,我们喊着号子比赛
五月里。我们喧闹,我们安静
汨罗江两岸。我们生活,繁衍
生生不息

汨罗江,绵延六百里
也是一条很长的河流
我们白天劳作,夜里睡眠
我们在五月里祭奠,在粽香里怀念
看着河水静静地流淌
从脚踝没过头顶
一年一年的花草,树木,庄稼,以及
一段一段的旧时光,和我们
一直比邻而居

2018年9月8日

## 下在夜里的雪

武汉,一座大城。那天
被一场雪覆盖

我在北方的雪里。一场大雪
分分钟钟地搬运
天空飘洒下的爱,以及温暖
托运到湖北

雪花不停地盛开,在天空
又不停地落下。就像一个人
要匆忙赶往一场病痛和命运
飘落在城市的窗前
前赴后继

一位医生,一个疲惫的身影
两位医生,二个疲惫的身影
三位医生,三个疲惫的身影
许多许多的医生,许许多多的人
赶过来
坚定不移。填满时间流逝的空位

摘下口罩，布满勒痕的脸
被汗水浸侵。在伤痕里积蓄希望
脱下防护服，劳累散发出来
推开一扇门。一个个身影
在降下的雪里，开始清瘦
亲人的牵挂，从手机里传出来
雪花洒落在肩上
融化成力量。渗透衣服
在肌肤里生长

一个省的大雪延伸到另一个省
在黑夜里飘落下来
带着亿万朵洁白
在我的身体内部堆砌
满山遍野的光

2020 年 3 月 27 日

## 一封决心书

从小到大,从来没有体会一封决心书有如此的分量
重得,可以把一座城市向南移动二十厘米
那不仅仅是一份决心书
更是一份为了他人生命赴死的赤诚

用心去关注,用心去做事儿
把北方的雪,装进那份决心书里
用快递寄过去。让天使扇动的翅膀,带过去
那是圣洁的祈祷,更是大爱的颜色

一封决心书,一双天津人民伸出的手
一封决心书,一座城池上空透出的阳光

天津,武汉。两座城
一千二百公里。一封决心书的长度
我们,在上面行走

2020年2月26日

# 跋

在2013年即将出版诗集《思念随风》时，女儿站在我的身后。一回首，女儿就看到了我孩童时期的自己。

今夜。一回首。我仍看到蝉鸣蛙叫的那个黄昏，我无精打采地躺在院门口的凉席上，爷爷抽着旱烟，长长的旱烟杆，一直延伸到今天。

今夜。只有我自己。

那个《思念随风》自序中的夏夜啊！

今夜，我要静静地自我回首一次。看看一个试图诉说些什么，却又不能诉说好的人，我。这个人，一直想通过一种能分行的文字，来稀释内心深处的孤独。直到一些光芒穿透爱情。

我想，2021年是很幸福的一年！我的心情被这样一本小书夹在页码里。睡。想。看看谁会拥有着它。在书房，在床头，在……

拥有一份过往和释然。

2021年8月2日晨